＊目次

歌集　百歳の母

句集　ほたるの宿

歌集

百歳の母

青い鳥

梅雨寒の海馬の奥に潜みたる君が呟く「胃瘻はしません」

亡き君の月命日の紫陽花に心変はりせぬことを誓ふ

独り居の皿を洗つて拭く布巾　ピンクの籠を青い鳥飛ぶ

君の忌に薄虹色の花二輪　カサブランカは静かに開く

君の忌に仏間に活けし胡蝶蘭ひと月経ても香り漂ふ

火の車君は上手に回してた亡くなるまでの四十五年

君の忌に顔揃へたる兄弟は百歳の母のことを話す

夏帽子

亡き君のしまひ忘れし夏帽子　四年経つたよさあ出掛けよう

庭の花摘んでぶらりと友は来る　いつもの君の月命日に

ベランダに初めて生りしプチトマト　ほの紅き実を遺影に供ふ

お遍路の杖を収めし結願寺　消毒用のアルコール置く

お遍路を支へてくれし無二の友　履き慣れしウォーキングシューズ

亡き君の月命日にもらひたる野萱草咲く送り火のごと

「サンマ今高いんだよ」亡き君にこぼしながら冷凍サンマ焼く

左ボタン

空映す四万十川の沈下橋　悲しき時は沈むとふ橋

もう四年君の巻き爪切ってからその爪切りで爪を切ってる

手順よく豚肉炒め皿並べ独りで座る亡き君の椅子

本当ならサファイア婚の年だけど遺影の前で独り酒飲む

生き生きと生きゐる寡婦に比ぶれば鰥夫の歌は冬の寂しさ

来世では会ひたくないと言ふ君の遺影に朝の誦経欠かさず

君逝きて四年　僕はまだ左ボタンのカーディガンを着てゐる

一月は十日違ひの誕生日　歳を取るのは僕だけなんだ

オールドケアラー

淋しさは霧のあなたに鳴る霧笛　君亡き床に独り聴く夜

君逝きて四年を経たるこの部屋に新年と言ふ時間だけ来る

ぬばたまの夜に輝く蠟燭に遺影の君とグラスを交はす

亡き君の名前を書きし青色のタオルケットをやうやく捨てる

もの言へぬ君の手を取り無力なる我は居ただけのオールドケアラー

亡き君の句集を上梓せし年はコロナの中の貴重な時間

君がため七草粥を供ふれば窓の向かうに雪は降りつむ

南無阿弥陀仏

一月のクルーズ船にて亡くなりし友の遺影をテレビに見たり

マスクして出かける街のなんとなく人の眼ばかり気にかかりをり

街角のカフェで君を待つてゐる　五年前に君とゐた席で

五年間誦経をしたる我が海馬　真夜に目覚めて南無阿弥陀仏

八栗寺の菩提樹の花雨に濡れ君の忌日のまた巡り来る

亡き君の月命日を数ふればはや五十回まだ五十回

君のレシピ

亡き君のレシピ頼りに独り居の包丁握る不器用な手
花びらのごとくふはりと雪の花　天国の君からの文かも

透明な春の光が斜めから差し込んでゐる君のゐない部屋

菩提樹の花の香りに導かれ亡き君と会ふ八栗寺の庭

はじめての金時芋のポテサラを君に供へるサラダ記念日

軽トラに大屋冨《おほやぶ》みかんの箱積んで友来る君の月命日に

なんしょん

静かなる梅雨の最中のトーチキス　東京五輪まで二週間

さまざまな苦難乗り越え繋ぎたる聖火は春雨の中走る

未来負ふ若者よりも優先のワクチン接種心苦しく

「なんしよん　生きとんな」その一言が老いに嬉しい命の標

お遍路の影を映せる冬の道　心の影を背中に背負ひ

あれこれと迷ふのは生きてゐる者　死者はその側で見てゐるだけ

いろいろとあつた一年　スタートは真つ白だつた今年の暦

ひょうげ祭

待ち侘びた春が小さくノックして芸術祭の扉が開く

はるばると来たるねぶたの練り歩き源平絵巻に浸りたる夜

県民の三割未満の投票で県の四年の未来が決まる

まてまてと言へば裸でなほ走るゴールデンウィークは騒がし

雨乞ひの祈願のはずが快晴でひようげ祭は気分最高

花嫁さんへ

水底に白き光を放ちつつ揺れて輝く梅花藻の花
あなたへの心の渇き夕凪はふれあふことのすくなくなりて

手を繋ぎ恋人達が消えてゆく海へと続くエンジェルロード

ゆっくりと時の流れる瀬戸内に島を艶めかすアートの風

お遍路の小さき島に集ひたるヒジャブ、ターバン世界の衣装

六月の島の風さへ甘く吹く白むく姿の花嫁さんへ

「ちょうちんカフェ」

やはらかき明かりの下で飲むビール「屋島山上ちょうちんカフェ」

偶然に来たやうな顔をして夕方の特売売場に並ぶ

犯罪の被害者支援に役立てる「ホンデリング」に十冊寄贈

『はなたちがえがおでみてるリハビリを』障害者詩集絵本に夢

しとしとと花の雨ふる参道を鎮花祭《はなしづめまつり》の巫女がゆく

秋気澄むアサギマダラの旅所　五岳《ごがく》の里にフジバカマ咲く

「漂流郵便局」

ぽつぽつと樒の花の咲き初むる月命日の君の仏壇

亡き君が手を傍らに差し伸べて寄り添ふごとき夜桜の道

梅花藻のごとく麗に揺れながら不治の病に君は耐へたり

湯豆腐の湯気の向かうに君がゐた　団欒といふ貴重な時間

「この人が心配なの」と言ひし君　五年を独り無事に生きてる

減塩を厳しく言ひにし君逝きて独りトマトに塩を振る夜

亡き君へ手紙出さうかな「漂流郵便局綾川分局」

受取人不在で帰りきし「漂流郵便局」宛の手紙

届けられない手紙ばかりが届く「漂流郵便局」十年

胡蝶蘭

君の忌を五年忘れず埼玉の友より届く胡蝶蘭の白

五年前ライトアップの公園の桜の下に君はゐたんだ

君逝きて五年とふ歳月は君の呉れたる付録と思ふ

君逝きて五年を経たるこの部屋を隈なく照らす十三夜の月

真つ青な風が海より吹き抜ける君が逝きて五年目の部屋を

五年経て秋の彼岸に住職と歌の話を親しく話す

五年前日記の文字が乱れきて君の日記は白紙で終はる

竹の花

今朝摘みし椿、鈴蘭、金盞花　春雨のなか友は持ちくる

百合の束かついで友が来る　六月十九日の君の命日

百年に一度咲くとふ竹の花君と登りし峰山の尾根

さざ波のごとくに藤の花が揺れ君輝きし二十歳代

真つ白なレースのやうに咲《ひら》きたり君のやうだねオルレアの花

君逝きて六年を経しその部屋に落ちてゐる一筋の黒髪

寂しさが澱のごとくに積もりたる六年間の煤払ひする

ころななくなれ

「遊具の利用には手洗い、うがい」と貼られたる空つぽのぶらんこ

「歌会の参加は二回接種した人」集まれば皆高齢者なり

「ころなくなれもうわるさはしません」みみずのやうな短冊の文字

ウイルスに負けず子役が見得を切る三年ぶりの農村歌舞伎

コロナ禍で新生児の命さへ救へぬとアナウンサーは泣きぬ

診療のたびにベッドを消毒し老看護師は溜息をつく

「酒とカラオケ」人間の心の弱点をコロナは見抜いてゐた

図書館の窓が開けられ常連の老いらは新聞を広げ読む

コロナ禍の中で何かが変はつてる香川の出生率上昇

君のサイズ

録画しておけばよかつた君の夢「あなたを…」の後が聴けなかつた

君逝きし部屋照らしたる月光に君の使ひし鏡が浮かぶ

亡き君の事を語らぬ百歳の母はときどき涙目になる

百歳の母に届けしぼた餅をぺろり食べたと看護師は言ふ

さまざまな君のサイズが吊られゐるクローゼットの亡き君の服

「初物」と付箋付きゐる栗の実で栗飯を炊く月命日に

二キロの金時芋

君の忌に毎年届く友からの二キロの金時芋を供へる
ひとりでも健気に生きてゐる俺をほめてくれよと君に言ひたい

それぞれの思ひをかかへ病院の喫茶店のコーヒー飲んでる

病弱な吾を励まして君逝きぬ　君の命を我に託して

君がゐて二人で聴きし虫の音を独りで聞いて眠れない夜

コロナ禍を独り過ごせば冥界の君との距離は無限に近し

けんけんぱつ

スーパーで足のマークを踏みながらけんけんぱつをしてゐる子供

なんでも載つてゐるネット検索「自分でできるオムツの替え方」

「金」といふ今年の一字　取り方は貧富の差で思ひはさまざま

ＵＳＢ端子こんなちつぽけな物で国家を揺るがすことができる

コスプレの思ひ思ひのヒロインがポーズを決める平和な令和

晴れた日がたまらなく嫌　少年の僕は光の外に出てゐた

能古島

能古島《のこのしま》昇る朝日を君と見し老後のことなど話しながら

立春の光ほのかに差しそむる君の形見の机に埃

歯ブラシも服もそのまま何ひとつ変はらぬ部屋に君だけゐない

五十年前に交はした文の束　君の遺品の小箱の中に

「さようなら」言はず逝きたる君なれば戻る日はあると信じて待つ

君逝きて廊下を独り拭いてゐるクイックルワイパーに慣れたよ

ホワイトアウト

放哉の眠れる島を陽炎がやさしく包む陽光の島

補陀落を望む岬へ続く道「これより先は海」と矢印

愛しみを連れてくるのは海の風　縫へばそのまま胸にふくらむ

澄む水に淡き光を放ちつつ秋の蛍は静かに沈む

会ふ人が優しく話しかけてくる　君が逝き僕が変はつたからか

我が心にもありぬべし線状降雪帯によるホワイトアウト

『ヒロシマ・ノート』

「最初からこんなだったの」孫が聞く八月六日の原爆ドーム

広島を被ふ緑は八月の原爆を知らぬ樹ばかりなり

何人が読んだのだらう図書館に書き込みのある『ヒロシマ・ノート』

料亭、旅館、映画館にぎやかな街でした　八月六日までは

ヒロシマの街を見るならその地下の黒焦げの街を見てください

おみやげは何もありませんが、『はだしのゲン』英訳全巻をどうぞ

一本の被爆榎の身震ひが合図のやうに蟬が鳴きだす

コーヒータイム

「母さん、これは本当の戦争だ」ロシア兵の悲痛な叫びは

春の日の射さぬ地下のシェルターに人形を抱くマリウポリの少女

靖国の桜咲きたる三月に炎の中のキエフを思ふ

向日葵はロシアとウクライナの国花　ロシアの戦車が潰してゆく

いちめんのむぎばたけいちめんのひまはりいちめんの瓦礫、十字架

それぞれに幸せな日があつたはず　テレビが映す死のウクライナ

一杯のコーヒータイム　こんな時にも空爆で死ぬ子供たち

友好の糧とキーウに贈られし桜は未来へ咲き続ける

高松が真っ赤に燃えたと話す母　ガザやキーウの街みたいだと

悪魔の顔

戦争は悪魔の顔をしてゐない人の顔をして人を殺す

真つ青な空泳ぐ鯉のぼりウクライナ国旗もともにはためく

戦争はいつか終はる雄弁な死者と寡黙な生者の始まり

兄弟の国の争ふ悲しさは空と大地の別れのやうに

憎しみのない者同士殺しあひそこから育つ真の憎しみ

真夜中のテレビに映る無差別の爆撃をする無人飛行機

横向きに寝かされてゐる赤子たち　魂の消えてゆく冬の夜

「戦」とふ一字悲しき年の瀬のほこりをおとす「お身拭い」はも

なんのため見ず知らずの人を殺すのか　これが戦争の狂気だ

ウクライナ、コロナの記事に慣らされて死者とは数と思つてしまふ

空襲の瓦礫の山に打ち臥して吾子の名を呼び続ける父よ

愛のかたち

美しい地球のゆふやけ　首長竜はまだ絶滅をしらない

花びらは愛のかたちに似てゐると花びらがくづれるとき思ふ

生きるとは人の記憶に残ること　アンネ・フランク九十三歳

永田和宏がをらねば歌人河野裕子は生まれてゐなかつた

紫の花をちよこんと覗かせて名には似合はぬオニバスの花

歩くことままならぬ日がくることを怖れて今日は海鼠のポーズ

秋が寝てゐる

血圧と体温だけの日記帳生きてゐるぞと言ひ聞かすため

色かへぬ松のごとくに生きたしと思へども我が人生寂し

透明のアクリル板の君の眼がやさしくなつて「さようなら」を言ふ

あなたより三日生きると言ひながら先に逝きたる君の七回忌

君が逝き七年経ても生きてゐる　強くはないが戦ふつもり

菩提樹の葉陰を歩く君がゐて振り返りしは七年も前

泣きながらひとりで食べる歌がある　君の座つてゐたその椅子で

亡き君の分もまとめて衣替へクローゼットに秋が寝てゐる

君逝きて三千日の空白を君の椅子にてともに過ごしぬ

壁に止めたい

「風に当たってくる」言ひのこしたまま君はでかけて帰つてこない

かならず帰るわと言つた君の黄色いリボンだけが帰つてきた

なぜだらう君だけ若くなつてゆく同じ一月生まれなのにね

君はまだ虹の根元か七年の月日が青く空に掛かりぬ

部屋中に桜の花が散つてゐる　君の笑顔が笑つて見てる

抱きしめた君の重さが手に遺る　介護ベッドの君にさやうなら

ありふれた君と僕との人生をピンでいいから壁に止めたい

クローゼットを開けて気づいた夏帽子　君逝きてより七年目の夏

七回忌過ぎても何も変はらない今も二人で生きてゐるんだ

真つ青な空を大きく傾けて瀬戸内海を夕陽が沈む

胡瓜三本

「虹よ」君の指した指先に虹は見えない　君の指が虹色

ベランダゆ見ゆる緑の紫雲山《しうんざん》　おーいと呼べば君の声する

古着、レコード、古本屋、昭和ばかりがシャッター街に残りをり

生涯を現役のまま逝くと言ふ農夫の友は今年喜寿なり

戦争を生きて帰つた父がゐて父の畑を兄が耕す

春耕の土の匂ひの新しく今年最後と土を打つ兄

君逝きて歌詠み始め七年の身にあの梅雨の夜が巡り来る

まだ露の滴る胡瓜三本と小さき南瓜手に友は来たり

老眼にぼんやり秋が去つてゆき冬がどつしり居座つてゐた

牢名主

ひまはりの迷路で燥ぐ子供たち五年経つてもまだ帰らない

秋空を影くつきりと聳えたる蛇笏龍太の甲斐の青垣

一匹の虫が宇宙をさ迷うて命の星に生きたる吾は

夜中までヒップ・ホップを聴きながらメロンソーダをストローで飲む

自分から時間を引いて残るのは生まれたままの無防備な我

君となり母となりたる夕暮れの雲はいつしか我になりたり

雲消えて月が清かに照らす夜は昨日も今日も亡き人思ほゆ

二十四の瞳の島の砂浜に夕陽の色のハマボウの花

喧嘩した後に無言で君が出す生姜の効いた鰹の叩き

君逝きて冷蔵庫の奥の奥に牢名主のごと味噌居座る

ピーヒヨピーヒヨピー緑を渡るキビタキの声清かに秋に入る

蜜を吸ふアサギマダラを誘ふごとフジバカマ咲く月命日に

仁淀ブルー

透きとほる十月の仁淀ブルー　汚れちまつた心を洗ふ

鈴の音がカルスト台地くだりゆく短い冬を里に過ごしに

捨てきれずビンに差したる二センチの向日葵が咲き窓が明るい

朝早く阿波の棚田の新米を持ち来て友はすぐ帰りたり

長き夜の路地にぽつんと持ち帰りアイスの店の小さな灯

人影の絶えし夕べの千枚田　人さそふごと狐花咲く

君逝きてはや七年の歳月は拭けば透きゆく硝子戸のごと

日常とはゆるやかな時間の風呂敷　生も死もふはりと包む

ガジュマルの葉陰

虹色のカーネーションを亡き君に活けて二人でデートの気分

ビルマより帰りし父は行軍のことは語らず寡黙に逝きぬ

ガジュマルの葉陰で眠るかたつむり生きてきたんだそれだけでいい

ウグイスの初鳴き消えし日本の生物季節観測中止

水道も凍る寒さの正月の百年前の銀座の荷風

食料の配布に並ぶ長い列　キーウではない池袋です

「がれきと一言で片付けないで」被災者の声が心に沁みる

裏切られ裏切られまた裏切られ長かったダメ虎の日本一

パンツのゴム

ずれさうなパンツのゴムを通す時ああこれが独りなんだと知る

満月の見ゆる窓辺に遺影置き今宵君との暫しの月見

亡き君の家計簿見れば火の車うまく消してる君がゐた頃

来年の二ケ月毎のカレンダー半分埋まる通院予定

亡き君の愛でし花瓶を探しをりけふは椿を活けむと思ふ

遥かとは命の果てを憶ふこと百年ぶりに竹の花咲く

目も耳も衰へ始め世の中の真の姿が僅かに見える

生と死を通ふ光は平行で無限遠の幽かな輝き

茂吉の山

夕焼けに茂吉の歌が浮かびくる　蔵王に雪の降りし十月

頑張れと背を押しくれる友がゐて立石寺の千段を登る

山里にオレンジ色の玉すだれ　茂吉の山の小さな秋に

十月の茂吉の山の夕間暮れ橅の森の白き闇浮かぶ

初雪の蔵王お釜の真緑に友は降り行き未だ帰らぬ

百歳の母

百歳の姉と卒寿の妹が並んで座る小春日の縁

百歳の母うつすらと化粧して表彰状と写真に写る

百歳の母のはにかむ背を抱き記念写真の敬老の日

百歳の母の部屋から聞こえ来る小さな声の「長崎の鐘」

ビルマより帰りし父が玄関で泣いたと笑ふ百歳の母

ぽつりぽつりと亡き母の思ひ出話す母の日の百歳の母

防護服を着て百歳の母に会ふ　マスク同士の短き会話

「太ったね、コロナ太り」と冷やかせばはにかみ笑ふ母は百歳

看護師の手を振りほどき百歳の母は帰り支度を始める

「抜け出た」と叱るホームの看護師を「無礼者」と母は一喝す

看護師の声を素直に聞きながらあかんべをする百歳の母

百歳の母の歩みし人生は丸い背中がすべてを語る

百年を生きて苦労もあつたのに菩薩のやうに笑つてゐる母

マスクして噎する百歳の母　もう噂する人ゐないけど

百歳の母の健康気になる日夕焼け雲が美しく行く

百歳の姉を気遣ふ妹が姉より先に逝きたる無念

妹の葬儀も知らず百歳の母は窓辺に花の雨見る

百一歳

ちゆるちゆると熟柿をすする母がゐて君の明るい笑ひがあつた

亡き君のことは話さず祝ひたる百一歳の母の誕生日

祝ひたる百一歳の誕生日手と手を合はす面会の窓

米寿、卒寿、白寿、百歳ことごとくクリアして母百一歳に

シャーベットぺろりと食べて御代りを言ふ元気な百一歳の母

百一歳生きたる母は戦争を語ることなくただ嫌ふのみ

たんぽぽのやうな幸福あつた日々百一歳の母の人生

プリン一個ぺろりと食べて百一歳の母はやすらかに逝き給へり

百一歳の母に小さき泣き黒子　納棺の時はじめて気付く

あどけなき童のやうな母の顔　百一歳の母の遺影は

送辞読む兄の写真のアルバムを百一歳の母は遺しぬ

「あ・り・が・と・う」

半年を明るく生きて母逝きぬ　余命十日と言はれたる後

死に近き母はしづかに口を開けプリン一口食みては眠る

手をふれて母の温みがまだ遺るその顔に「ありがとう」を言へり

冬空を母の遺骨を抱き帰る兄弟はみな無口のままに

この遺影気に入つてると兄が言ふ　白寿の母の笑顔の写真

ごきげんな時に風呂場で唄つてた母のブギウギはもう聴けない

大好きなブギウギ唄ふ母なりき風呂場からまだ聴こゆるごとし

明るくてどこか悲しい唄声は真夜に聞こえる母のブギウギ

母逝きて部屋より見ゆる山の端に月と花とは離れざりけり

母の声聞こえたやうな気がすれば小窓の下にはや蕗の薹

風花は天から届く母の文「あ・り・が・と・う」の小さき言の葉

昼の寂しさ

ひらひらと蝶舞ふ影の幽けさにひとり佇む昼の寂しさ

眼の中の小さな海に光る波嬉しい時も悲しい時も

カーテンが静かにゆれてゐる見えなくてもゐるんだ母の日の君

指先の微かなふるへを文字にして君が書く君の物語

携帯の受信メールにまだ遺る君からの「ありがとう」のメール

足の指かたちどほりにソックスに納めてけさの一歩をあゆむ

夫婦とはたとへば風のやうなものゐなくてもわかるカーテンのゆれ

「黒豆を炊いたので御裾分け」数へ日の朝に友が持ち来たり

この本は誰に借りたかわからない「無酸素の地球で生き残る」

新年の部屋

うつしよの煩悩尽きぬ我なれど逝きたる君に励まされ生く

仏壇に秋明菊を生け足して君の月命日を飾りぬ

思ひでの中には若い君がゐて楽しい老後を夢見てゐた

亡き君のグラスも揃へささやかにクリスマス・イブを共に過ごす

それぞれが思ひ出話語る時遺影の君は笑つてをりぬ

生きるとは宙ぶらりんで揺れてゐるふらここ漕いで風とワルツを

ぽつかりと空いてしまつた君の席見えないけれど君はゐるんだ

思ひ出のひとつひとつが呼吸するクローゼットの生前の服

老人と海しか見えぬ瀬戸の島老いには老いの生き方がある

君逝きてたつた独りの新年の部屋に朝日は深く射し来ぬ

喜びも悲しみも消え喜寿の吾に侘しさだけが降りつもりをり

シルバーの仕事中だと言ひながら蜜柑のジャムを友は持ち来る

さびしいなかんかん石のなく声は「かあさんかあさん」と聴こえ来る

「ゆきがとけたらなんになる」「はるになる」こんな答をわすれてしまつた

小さな旅

君が逝き母も逝きたる白山《しらやま》の麓の家に桜咲きたり

母逝きし空に一羽の初燕　桜が見頃だよお母さん

母といふやさしき海の広ごりて逝きたるのちも吾を包みたり

母といふ無限の海に霧が立ち思ひ出だけが光りつつ降る

「根っつこまでしっかり抜かないかんけん」母の声する初盆の朝

初盆の母の遺影を真ん中に母を肴にビールがすすむ

初盆の過ぎて人気の消えし庭ひぐらしだけが庭を守りをり

一本の柚子の小さき実を付けて母亡き庭に小鳥呼びをり

亡き母の四十九日もはや過ぎて小さな旅に行つてみようか

句集

ほたるの宿

山笑ふ

母の声妻の声して山笑ふ

母の声ふと聞こえたりつくしんぼ

亡き妻の母百歳に母子草

百歳の母の声して春夕焼

百歳の母を背負ふや啄木忌

花ミモザ延命治療拒否の妻

妻逝きて七年の街つばめ来る

また明日あげた手のうへ春の虹

立春や男独りの下着干す

探梅や声届く距離保ちつつ

縁側と土間を知らぬ子蓬餅

卒業の子が家にゐるテレワーク

またひとつ春のくしやみのやうな恋

一戸また空き家となりて燕来る

しづかなる水のいのちよ桜月

眠りより醒め春滝の音新た

一滴が命の鼓動春の滝

雪解風

雪解風峠に借耕牛の墓

放哉も南郷庵《みなんがうあん》も陽炎へる

春風は川より生まれ龍太の忌

図書館の開放の窓龍太の忌

風少し運ぶ梅の香汀子の忌

一途とは人おもふこと汀子の忌

花祭虚子も汀子も句座の中

西行の昼寝石とや桜散る

空海の池千年の桜咲く

若冲の桜満開山笑ふ

こどもの日

こどもの日フードバンクの品不足
真っ先に子供から死ぬこどもの日

戦争の最中も薔薇が咲いてゐる
戦場のマリウポリにも桜咲く
戦争の記事にくるまれ夏蜜柑

暗殺の国にはなるな昭和の日

ほたるの宿

天地《あめつち》の間《あはひ》に妻と夏帽子

夏帽子遺影の横に掛けてあり

夏帽子ひつぎに入れて別れたり
あの虹の根元に妻は寝てゐます
妻よ妻よ風の蛍になりて来よ

ちちははも妻もほたるの宿にゐる

青梅雨や眼を開き妻逝きぬ

妻逝くや六月十九日零時

百合咲いて妻の忌日を明るくす

日の匂ひ妻の匂ひのキャベツ剝く

たまねぎを刻めば妻の音がする

亡き妻に起こされる夢昼寝覚

妻と会ふ線香花火落ちる間に

命日の妻へ友より胡蝶蘭

妻の忌や納戸に眠る白日傘

眼鏡屋の暑中見舞が亡き妻へ

虹の輪の中心に妻立ち上がる

短夜や夢に米研ぐ妻がゐる

志度詣ゆつたりと妻忘れゆく

万緑の母

百歳の母万緑の中に置く

防護服着て会ふ母の日の母よ

夏柄のマスク欲しいと母の文

初蟬を聴く百歳の耳たしか

杖ついて母が緑の風の中

母の日の母がゐませんの台所

端居せる母百歳の座り胼胝

青岬

初夏の田に千枚の水鏡

新緑や水輝かす千枚田

千枚田守る担ひ手青田風

溜池の光る讃岐や若葉風

日のあとに月照らしたる青岬

放哉の墓に冷酒風の海

梅雨の島訪ふ人もなき海女の墓

あぜ道を炎の浮かぶ虫送り

青田風一茶兜太も風の中

青葉風蛇笏龍太の山の子に

ところてん

命あることが嬉しき昼寝覚め

梅酒汲む友の訃報を聞きし夜

慈悲心鳥鳴くやイエスは磔に

赤ん坊泣く全身を汗にして

初孫の手のごと菫の花開く

思ひ出を這ひ登りくるかたつむり

風に色雨にも色や梅雨日傘

蛇の髭の花を跨ぎて庭師くる

雲の峰敗者へ拍手なりやまず

万緑や四国三郎ここにあり

万緑といふ縄文の吐息かな

空海の道眼前に夏怒濤

色即是空空即是色ところてん

沖縄忌

どつかりと夏が居座る嘉手納の街

シーサーの睨む爆音沖縄忌

六月二十三日山《やん》原《ばる》の雨
梯梧真つ赤復帰の前もその後も
沖縄忌辺野古の土砂に骨数多

広島忌

今朝走る一番電車広島忌

炎天を来て被爆者の墓の前

広島忌名簿に坪井直の名

世界史の中に一行原爆忌

生者より死者若きまま広島忌

影といふ影立ち上がる爆心地

真っ黒な土も語部広島忌

被爆樹もドームも老いて広島忌

あの日まで原爆ドームとは言はず
にんげんをかへせかへせと蟬しぐれ
ヒロシマの過去へ未来へ水を打つ

核の傘たたむ地球の夏の空
夏の水打てば被爆の土が吸ふ

青蜜柑

妻の忌や友から届く桃の箱

亡き妻が若くなりゆく花芒

長き夜や妻の座らぬ妻の椅子

妻の箸眠る箸箱長き夜

書き込みの妻の歳時記十三夜

流星のかけらの指輪亡き妻へ

紅葉且つ散りぬ独りとなりし庭

青蜜柑いづれ始まる独りの夜

風が水水が風呼び秋深し

流れ星ひとつひとつに名を刻む

信じつつ人は老いゆく秋夕焼

さはやかやや高松駅の授乳室

牧水忌

風吹けば千の棚田の露動く

山廬忌や木犀の空つつぬけに

風に影水に影ある蛇笏の忌

一粒の露に天と地蛇笏の忌

蛇笏忌や一木一樹水の音

旅に出て地酒飲みたし牧水忌
生きるとは水になること牧水忌

銀河

銀河から戻る街角ロッテリア
どの子にも銀河の切符賢治の忌

西行の登りし道や初紅葉

空海の地へ曼珠沙華曼珠沙華

放哉の空高高と鵙日和

放哉の島みせばやの灯る頃

美しく群れて水のむ秋の蝶

露に濡れ露の重みの蝶を掃く

冬の砂丘

びしよぬれの駱駝が冬の砂丘ゆく

冬耕の一鍬ごとの土の声

からつ風走る耕作放棄田

雪中花灯台守が灯をともす

冬虹の音色しづかに立ちあがる

病室に小さき灯冬ぬくし

亡き父のちよつとおしやれな冬帽子

啄木の山

翁忌や雲の行き交ふ旅の寺

啄木の山に初雪ふりて止む

子規庵の雪の深さを思ひけり

前山も後山も雪や龍太の忌

空海の海や空手の寒稽古

冬銀河

冬天に七十七億の星よ
中心は地球と思ふ冬銀河

ただ一つ核を持つ星冬銀河

アフガンの女性の真上冬銀河

電飾の灯る街角ガザは冬

チョコレートぱきっと折って開戦日

白泉と廊下で話す開戦日

戦争が炬燵に座り笑ってる

戦争に戦争重ね年暮れる

木守柿

母とゐる大きな秋の片隅に

百歳の母へと妻の冬帽子

手袋で包めば母の手が動く

百歳の母童心の日向ぼこ

百歳の母帰り来る葱畑

母呼べば小窓より風水仙花

百歳の母へと残す木守柿

木守柿ひとつ遺して母逝きぬ

冬の月母は座らぬ車椅子

笹鳴や母のブギウギもう聴けぬ

かあさんの部屋へ一輪わすれ花

初雪や母の手紙はふるやうに

はるかとは母の歌声冬至風呂

古日記

発病と一行妻の古日記

亡き妻の帰る気配や時雨虹

狐火や妻を迎へにゆくところ

束の間の妻との逢瀬時雨虹

人を恋ふとは冬虹にふれること

冬夕焼あの大空に母と妻

母へ妻へ誦経欠かさず冬ぬくし

母のなき真青の空へ大根干す

寧日のプラネタリウム　冬ぬくし

手毬唄

百歳の母を寿《ことほ》ぐ初日かな

やすらかな母の天寿や福寿草

初空や母の棺の千羽鶴

手毬唄母の唄声もう聴けぬ

亡き人の命も生きて年新た

からつぽの心ひたして初湯舟

独り居の部屋に一筋初日かな

生くる日をけふ一日と寒卵

妻逝きて九年目菩提樹芽吹く庭

能登半島震災

一月の能登一月の沖晴れて
地震の夜焚火ひとつが命の火

焚火して地震の夜を星の下

どの子にも毛布一枚地震の夜

被災地へ早く届けと初荷出す

風花や海を棄てるといふ漁師

沖晴れて焼け跡濡らす春時雨

夕餉の灯能登の岬に春の虹

喪失感を支える短歌

三井　修

島田章平さんの『歌集　百歳の母』は、タイトルは母であるが、実際には妻と母という二人の女性の死を中心に詠われている。

亡き君のしまひ忘れし夏帽子　四年経つたよさあ出掛けよう
五年経て秋の彼岸に住職と歌の話を親しく話す
君逝きて六年を経しその部屋に落ちてゐる一筋の黒髪
君が逝き七年経ても生きてゐる　強くはないが戦ふつもり

このように島田さんは現在の自分の人生を、妻が亡くなってから何年という年数を区切りとして生きている。仕舞い忘れた夏帽子で四年経ったことを思い、住職と短歌の話をしながら五年経ったことを思い、部屋に落ちている一筋の黒髪で六年経ったことを思い、自らの生きてゆく意思の自覚で七年経ったことを思っている。思考の起点が常に妻の死なのだ。妻の死を詠う歌人は少なくないが、ここまで繰り返し亡くなってからの年数を意識している歌人は少ないだろう。この歌集では妻が亡くなる前の夫婦の関係は殆ど歌われていないが、生前もさぞかし仲の良かった夫婦だったのだろうと思う。

ベランダに初めて生りしプチトマト　ほの紅き実を遺影に供ふ
ぬばたまの夜に輝く蠟燭に遺影の君とグラスを交はす
仏壇に秋明菊を生け足して君の月命日を飾りぬ
それぞれが思ひ出話語る時遺影の君は笑つてをりぬ

もちろん、島田さんは妻の命日だけに妻を思い出すわけではない。日常的に、様々な機会に妻を思い出している。ベランダで育てたプチトマトの初物を遺影に供えて妻に話しかける。また、蠟燭の火に照らされながら遺影の妻と乾杯をする。更には仏壇に秋明菊を供えたり、遺影の妻が笑っていると思ったりしている。様々な機会で亡き妻との心の交りを維持しているのだ。それが単なるセンチメンタルな感情表現ではなく、プチトマトなどの具体的なアイテムに結びついていることで歌としての質が保たれている。

百歳の姉と卒寿の妹が並んで座る小春日の縁
防護服を着て百歳の母に会ふ　マスク同士の短き会話
亡き君のことは話さず祝ひたる百一歳の母の誕生日
たんぽぽのやうな幸福あつた日々百一歳の母の人生

この歌集のもう一人の主要登場人物は母である。歌集の中で妻はもう故人であるが、母はまだ存命であり、歌集の中で死を迎える。百一歳で亡くなられた由であるが、高齢化が進んだ現代でも百一歳はやはり長寿といっていいであろう。どのような人生を送ってきた母なのだろうか。島田さんがもしもっと早くから短歌を作っていたら若い時の母の姿も知ることが出来たと思うが、それは仕方がない。とにかく少なくても一時は「たんぽぽのやうな幸福」があった人なのだ。戦争やコロナ禍を経験し、母は晩年を迎えている。これらの作品には島田さんの母を思う深い愛情が滲み出ている。そして、ここでも島田さんは百歳、百一歳という年齢の区切りを意識している。

死に近き母はしづかに口を開けプリン一口食みては眠る
冬空を母の遺骨を抱き帰る兄弟はみな無口のままに
母といふやさしき海の広ごりて逝きたるのちも吾を包みたり
初盆の母の遺影を真ん中に母を肴にビールがすすむ

その母も亡くなってしまった。もちろん、島田さんは深く悲しんでいるのであるが、その悲しみは慟哭というよりも穏やかな悲しみなのだ。妻の場合は若かっただけに動揺もあったかも知れないが、母の場合は周囲も覚悟の上の往生だったであろう。母を海に喩えているのも印象的である。羊水と海水は成分が似ているという連想かも知れないが、一方で、「海」という字の中に「母」が入っていることも作品の背景にあるのかも知れない。

ちゆるちゆると熟柿をすする母がゐて君の明るい笑ひがあつた
亡き君のことは話さず祝ひたる百一歳の母の誕生日
君が逝き母も逝きたる白山《しらやま》の麓の家に桜咲きたり

これらの作品には妻と母が同居する。生前にはどのような二人であったのだろうか。そのような事は歌われていないが、島田さんの心の中ではとにかく仲の良い二人なのだ。そのことは「母がゐて君の明るい笑ひがあつた」という表現からも窺われる。どちらも島田さんにとってはかけがえのない大切な女性なのだ。その大切な二人を失った島田さんの悲しみと孤独はいかばかりかと思う。

「母さん、これは本当の戦争だ」ロシア兵の悲痛な叫びは
いちめんのむぎばたけいちめんのひまはりいちめんの瓦礫、十字架
一杯のコーヒータイム　こんな時にも空爆で死ぬ子供たち
兄弟の国の争ふ悲しさは空と大地の別れのやうに

妻と母の死が中心の歌集ではあるが、それ以外の作品も多い。中でもロシアによるウクライナ侵攻の作品が印象的である。このような社会性もまたこの歌集の特徴の一つである。ロシアによるウクライナ侵攻開始以来、このテーマを歌った作品はおびただしく作られてきた。多くはステレオタイプの作品であるが、この歌集の作品はありきたりの作品ではない。一首目の会話体、二首目の平仮名の多用、三首目の子供たちへの視線、四首目の比喩、どの作品も島田さんの独自の表現である

亡き母の四十九日もはや過ぎて小さな旅に行つてみようか

妻と母、二人のかけがえのない女性を失った喪失感がこの歌集の特徴であるが、歌集がこの作品で終わっていることに読者としては少しほっとする。「小さな旅」、小旅行のことであろうが、心の旅として考えてもいいかも知れない。島田さんは思い出だけに生きるのではなく、二人の居ない世界を自分の足で、自分の心で生きていこうとしている。多分、その支えとなるのが短歌であり、俳句なのだろう。そのことを私は心から応援していきたいと思う。

跋

井上康明

島田章平さんの句集『ほたるの宿』は、亡き妻への思いを詠んだ次の一句をゆかりとしている。風のほたるに託した絶唱である。

妻よ妻よ風の蛍になりて来よ

妻の純子さんが亡くなったのは平成二十八年の夏、ほたるの季節であった。それを知ったのは、令和二年に刊行された句歌集『夏帽子』令和二年十月二十五日　ＮＨＫ学園）による。この句歌集は、島田章平さんの俳句と短歌、妻純子さんの俳句が収録された一集である。

この度の句集には、妻臨終の悲しみと、妻亡きあとの日々の思いが綴られている。臨終を詠んだのは次の一句である。死の事実と描写がせめぎ合う。

青梅雨や眼を開き妻逝きぬ

妻亡きあとの日々はこのように綴られる。

妻の忌や納戸に眠る白日傘
妻逝きて七年の街つばめ来る
立春や男独りの下着干す

妻の忌日の夏が到来し、まだ納戸には妻の白日傘が残されている。かつて日盛りの街を歩いた妻の姿が、白日傘の鮮明な白によって甦るが、今は納戸に眠っているのである。「眠る」の一語に悲しみと鎮魂の思いが籠もる。一方、七年後の忌日は、新たに爽やかな燕の到来によって飾られる。また、立春の作は、男やもめの暮らしを想像させながら、立春の光の下、下着を干す自画像が描かれる。このような日々の安らぎと落ち着きからは、かつて妻純子さんの俳句に流れていた時間を思い出す。ちなみに純子さんの俳句を紹介しよう。藤房、鰯雲が見え、深秋の母の声が聞こえてくるようだ。

藤房のしぶけるごとく颪の中　純子
果てもなく広がつていく鰯雲　同
父のこと母と語りて秋深し　同

この度の句集では、妻追悼の思いとともに母との暮らしとその永別が描かれる。妻追憶の日々は、同時に百歳の母との暮らしの日常であり、やがてその母の死を受け入れ、見送る日を迎えるのだった。

手袋で包めば母の手が動く
百歳の母帰り来る葱畑

冬の寒気の厳しい日のことだろう。こわばっていた母の手が、手袋をすることによってわずかながら動いたのだ。作者の手のなかにある母の手袋の手、その指がぎこちなく動いている様子がありありと浮かび上がる。その指の動きに母への思いが籠もる。一方、葱畑の百歳の母の情景には、かつての葱畑で働く母の姿が彷彿とする。冬の夕暮れなどに、母は寒風をついて葱畑へ行き、夕餉のための葱を抜いてきたのだろう。葱畑は、母丹精の畑だったのではないだろうか。次の一句は、春の夕暮れに聞こえる百歳の母の声がなつかしくあたたかい。

百歳の母の声して春夕焼

春の夕焼の一瞬の華やぎが健やかな百歳の母を寿いでいる。その母も永別の時を迎える。

木守柿ひとつ遺して母逝きぬ
初空や母の棺の千羽鶴

新年を迎えた日、母の臨終に遭遇したのだろう。来年の収穫を祈って残した木守柿が、木の天辺に濃い色のまま残っている。たったひとつの木守柿に母逝去の無念が伝わってくる。初空の情景は、故人との最後の別れの場面、棺に千羽鶴を入れたのである。

千羽鶴のさまざまな折り紙の色彩のなかに母の表情が包まれる。初空を背景に、天寿を全うした人への思いが溢れている。
　妻追悼の思いと百歳の母との日々の暮らしは、周囲の自然と風光とともにあった。その暮らしと自然に触発された自然詠がこの悲しみの世界を支えている。そのひとつは飯田蛇笏・飯田龍太への敬仰の心情を詠う作品である。

　　山廬忌や木犀の空つつぬけに
　　風に影水に影ある蛇笏の忌

　飯田蛇笏の忌日は昭和三十七年十月三日。山廬忌とも言う。蛇笏は、自宅を山の粗末な家という意味で山廬と呼び、俳句の揮毫の際など、別号として用いた。ちょうどその頃は金木犀の香る時節。抜けるような青空に金木犀が香る。蛇笏忌の風にも水にも影があるとは、秋の澄んだ大気を思わせ、一途な蛇笏への敬愛の気持ちが風と水の明暗の風景に託されている。

春風は川より生まれ龍太の忌
前山も後山も雪や龍太の忌

一方飯田龍太の忌日は、平成十九年二月二十五日。あたたかい春風や雪の風景が、飯田龍太忌を明るく彩る。春風の句は、龍太の「一月の川一月の谷の中」を思い出す。後山は、飯田蛇笏・龍太の住んだ山廬の裏山の意。遥か彼方まで雪が降りこめる情景。龍太への思いが遥かな雪の情景に籠っている。

作者は生れ育ち、居住する香川、高松市周辺の風光から、想像をたくましくしてウクライナを詠む。マリウポリはウクライナ南東の都市、ロシア軍とウクライナ軍との激しい戦闘があり、ロシアが勝利して占領した。そのマリウポリにも春が訪れたことをシニカルに描く。

戦場のマリウポリにも桜咲く

沖縄慰霊の日は、感情を抑えて投げ出すように詠む。

六月二十三日山原《やんばる》の雨

六月二十三日、この日、沖縄戦においてアメリカ軍の攻撃が終わった。「山原《やんばる》」は、沖縄本島北部の山地森林地帯。日本軍の少年兵がゲリラ戦を戦った激戦地である。激戦での犠牲者を悼むように梅雨季の雨が降る。

身辺の自然と暮らしは、次のように称えられる。

初夏の田に千枚の水鏡
日のあとに月照らしたる青岬
冬耕の一鍬ごとの土の声

千枚の水鏡は、田植え前の水田であろう。豊かな田園風景である。緑に包まれた青岬は、陽光に照らされて、やがて夜になると月光が及ぶ。寒気に包まれ凍りついた大地は、冬耕により、わずかな声を上げる。穏やかな暮らしを健やかに詠む。同時に、リフレインを生かして、はるかな仏教の世界を軽やかに詠む作品がある。

次の「ところてん」は、般若心経の世界を、日常の舌触りのとらえどころのない感じとともに軽妙に詠む。また、空海が行脚したという四国の地へ曼珠沙華が列をなして咲き連なる情景は、遍路の地四国を、長い歳月とともに彷彿とする。

色即是空空即是色ところてん
空海の地へ曼珠沙華曼珠沙華

特に次の一句は、さりげない日常をさらりと描いて注目した。市井の人々の幸福を秋の爽やかな風景として描き、明日への希望を思わせる。

さはやかや高松駅の授乳室

今後の島田章平氏の作品世界に期待したい。

あとがき

　妻と結婚してもうすぐ五十年になります。色々な事がありました。十数回に及ぶ転勤や転居、妻の病気など決して順風とは言えない歳月でした。しかし、妻はいつも私の健康に気を遣い、私が仕事で遅くなっても必ず起きて待ってくれていました。私が定年退職をして故郷の香川県に帰った時、一番喜んだのは妻でした。これから、二人だけの時間を充分に楽しみたいと思っていました。しかし、妻が特定疾患（ＡＬＳ）と診断され、発病一年後に亡くなりました。それから八年が過ぎました。そして妻の母も亡くなりました。今の私にあるのは思い出だけです。しかし、私には妻と一緒に始めた俳句があります。また、妻が亡くなってから短歌も詠むようになりました。そしてなによりも、俳句や短歌で知り合った方達との交流があります。妻の父や母、妻の兄弟そして友達にいつも支えられてきました。人生を独りで生きてゆく事は出来ません。妻や妻の母への感謝を忘れず、それを俳句や歌に詠みながら一日一日を大事に過ごしてゆきたいと思っています。

最後になりましたが、歌句集の作成に当たり、「塔」同人の三井修先生や「郭公」主宰の井上康明先生に一方ならぬご指導を賜りました事を心より御礼を申し上げます。また、出版に際しまして御世話を頂きました青磁社の永田淳さん、装幀の野田和浩様、装画のしゅん楽様に御礼を申し上げます。

令和六年六月十九日

島田　章平

著者略歴

島田　章平（しまだ　しょうへい）

香川県生れ　昭和二二年生

香川県立坂出高校、同志社大学卒業

【俳句関係】　海程、小熊座、郭公、円虹、海程香川

【主な受賞歴】

二〇一五年　俳人協会全国俳句大会　今井聖選特選
朝日新聞　長谷川櫂選年間秀句

二〇一七年　角川全国俳句大賞　金子兜太選秀逸、有馬朗人選秀逸、四国新聞社賞

二〇一八年　現代俳句協会全国大会　伊丹三樹彦選特選
角川全国俳句大賞　角川文化振興財団賞、黒田杏子選秀逸、四国新聞社賞
朝日新聞　高山れおな選年間秀句

二〇一九年　角川全国俳句大賞　正木ゆう子選特選、高野ムツオ選秀逸、鍵和田秞子選秀逸、四国新聞社賞
第二八回ヒロシマ平和祈念俳句大会　中国新聞社賞

二〇二一年　現代俳句協会全国大会　前川弘明選特選
玉藻文芸まつり俳句大会　香川県知事賞
日経新聞　横澤放川選「二〇二一年の秀作」
二〇二二年　角川全国俳句大賞　黒田杏子選秀逸、四国新聞社賞
第三一回ヒロシマ平和祈念俳句大会　広島県現代俳句協会長賞
朝日新聞　長谷川櫂選年間秀句
二〇二三年　俳人協会全国俳句大会　松岡隆子選特選
現代俳句協会全国大会　寺井谷子選特選
第三二回ヒロシマ平和祈念俳句大会　広島市長賞
角川全国俳句大賞　俳句編集部賞、宮坂静生選特選、高野ムツオ選特選、
片山由美子選秀逸、対馬康子選秀逸
サンデー毎日　サンデー俳句王年間大賞・天
日経新聞　横澤放川選「二〇二三年の秀作」
朝日新聞　高山れおな選年間秀句
四国新聞読者文芸　年間優秀賞　西村和子選

【短歌関係】　塔、日本歌人クラブ会員、香川県歌人会

【主な受賞歴】

二〇一八年　朝日新聞　永田和宏選　年間賞
二〇一九年　読売新聞　岡野弘彦選　年間賞
二〇二〇年　日経新聞　三枝昻之選　「二〇二〇年の秀作」
二〇二一年　毎日新聞　毎日ぷらざ年間賞・準大賞　入江晴栄選
二〇二二年　角川全国短歌大賞　佐佐木幸綱選秀逸、馬場あき子選秀逸、四国新聞社賞
　　　　　　産経新聞　小島ゆかり選　「今年の六首」
二〇二三年　角川全国短歌大賞　角川文化振興財団賞、四国新聞社賞

塔21世紀叢書第442篇

歌集 百歳の母
句集 ほたるの宿

初版発行日　二〇二四年六月十九日
著　者　島田章平
　　　　香川県高松市藤塚町一―一六―二八―四〇二（〒七六〇―〇〇七一）
定　価　二〇〇〇円
発行者　永田　淳
発行所　青磁社
　　　　京都市北区上賀茂豊田町四〇―一（〒六〇三―八〇四五）
　　　　電話　〇七五―七〇五―二八三八
　　　　振替　〇〇九四〇―二―一二四二二四
　　　　https://seijisya.com
装　画　しゅん楽
装　幀　野田和浩
印刷・製本　創栄図書印刷

ISBN978-4-86198-593-5 C0092 ¥2000E